1. 我也有條碼喔！

2. 棉花糖車車

3. 象爺爺的花園

出版緣起

《愛，從我開始　守護每個不一樣的你》｜兒童有聲繪本

希望藉由繪本中的故事，讓孩子了解社會上還有許多人，因為疾病或是環境，得面對生活的窘境。透過閱讀，鼓勵孩子看見、關心並且同理他人，進而轉爲實際行動，成為一個溫暖的幫助者。

這本書的發想來自某次親子對話。筆者在服務街友、拾荒長輩的單位擔任兼職社工，曾在街頭看到衣衫襤褸的拾荒者，回頭詢問孩子內心的想法。兒子的回答很直接：「一定是爺爺上輩子沒做好事，這輩子才會這麼辛苦。」這樣的回話讓我震驚不已，因為我在創世基金會工作時，來參訪的學生也提過同樣的想法。他們善良純真，一定有惻隱之心，為什麼卻無法同理這群辛苦或受創的人？

我想，是因為不理解造成的冷漠，無法真正的關心，而我們這些大人，是否已經把這些真實的社會樣貌讓年輕的孩子知曉？我無法斥責他們，所以才促使《愛，從我開始》的誕生。

本書冀望傳遞「每個人都有屬於自己的獨特、彼此應該互相尊重」的信念，透過故事中的角色，引導孩子的認知與同情共感，從中學習較理性解決問題的方式，並願意嘗試同理他人的想法。家長也可以和孩子一起看圖說故事，從畫面中觀察到什麼？試著表達內心感受與想法。

「手心向上接收溫暖、手心向下助人快樂」，施與受都是福氣，愛將不斷循環，美好與善良也會不斷的傳遞。感謝宏智集團持續接棒，讓愛與溫暖能不斷的延續。

須才容 2021 年 1 月 5 日

我也有條碼喔！

文・鄒敦怜　圖・羅方君

故事悄悄話

故事裡的亮亮，因為曾被火燒傷，手臂上留下疤痕，所以總是用衣服遮住傷疤，並且覺得很自卑。虎斑貓大虎的便利商店新開張，亮亮看到小動物們用身上的條碼刷一下，就可以得到好吃的貓掌巧克力，亮亮希望得到貓掌巧克力，鼓起勇氣走出家門，亮出自己的「條碼」。結果她不但得到巧克力，還被讚美擁有漂亮的條碼。

要有自信，
相信自己很棒！

虎斑貓大虎的「喵」便利商店開張了，就在大樹下。

大樹旁有間紅木門小房屋，那是亮亮的家。亮亮的房間在房屋最左側，離大樹很近，樹底下發生什麼事情，她都可以看得很清楚。「喵」的招牌都掛好了，到底什麼時候開始營業？亮亮很好奇。

有天一大清早，一陣好聞的香味傳進房間，亮亮趕緊衝到窗戶旁。一輛藍貓小貨車停在便利商店門口，藍貓司機送來好幾盤小點心，每個小點心都是乳白色的貓掌狀，上面有粉紅色的肉墊，亮亮眼睛都亮了。

「是我上次訂的開幕商品嗎？」

「沒錯，特別製作的。」

亮亮看到大虎抓起一小塊「貓掌」，張開嘴咬了咬、舔了舔，大虎滿意的喵喵叫，亮亮也忍不住流下口水。

藍貓小貨車離開之後，大虎開始把「貓掌」一個個放在櫥窗裡，之後拿出梯子，再拿出一塊米色的橫幅準備掛上，橫幅上寫著「貓掌巧克力，開幕大優惠」。

風很大，橫幅一打開就被吹走了，大虎只好爬下梯子，追著橫幅跑……。

這樣反覆好幾次了，亮亮在屋子裡看得好著急，她有點想幫忙。不過，在很久以前那件事情發生後，亮亮就再也不肯出門。

到底誰會來呢？ 要怎麼付錢呀？ 只有貓咪能來嗎？ 亮亮非常好奇， 她趴在窗戶認真的看。

一隻小白貓過來， 用細細的聲音問：「好漂亮啊， 我要一個。」 「沒問題！」 大虎拿一根草把一塊「貓掌」拴起來， 交給小白貓。

「你的條碼呢？」 小白貓想了想， 翹起尾巴說： 「這樣可以嗎？」 原來這是一隻虎斑尾的白貓呀！ 大虎用肉墊條碼機， 輕輕滑過小白貓的虎斑尾。

亮亮想： 「會有嗶嗶聲嗎？」

「好了， 今天條碼刷得過的， 通通免費送。」

原來，只要身上有一點點條紋狀的花紋，讓大虎可以「刷條碼」，就能帶走一塊好吃的「貓掌」。

剩下最後一塊了，亮亮終於忍不住了，她衝到大樹底下，跟大虎說：「我也有條碼，我可以得到『貓掌』嗎？」

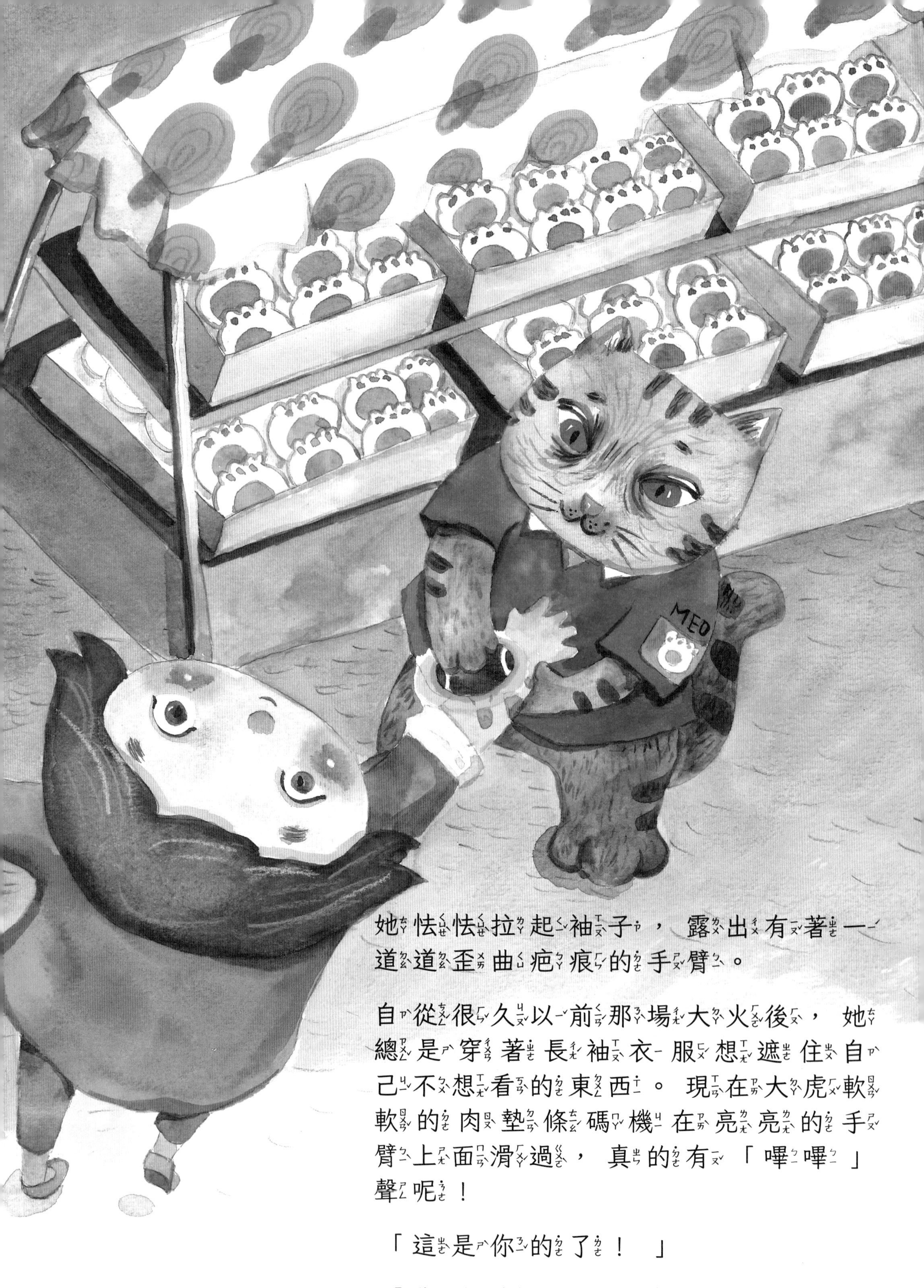

她怯怯拉起袖子，露出有著一道道歪曲疤痕的手臂。

自從很久以前那場大火後，她總是穿著長袖衣服想遮住自己不想看的東西。現在大虎軟軟的肉墊條碼機在亮亮的手臂上面滑過，真的有「嗶嗶」聲呢！

「這是你的了！」

「你的條碼好漂亮，每天都有優惠，你要常常出來唷！」

燒燙傷是怎麼回事？

皮膚是保護人體的第一關，表皮層能保護人體避免細菌入侵，但是假如燒傷或燙傷，就會造成皮膚的保護功能受損，可能會加速病菌繁殖引發各種感染。

很多狀況會造成燒燙傷，例如剛燒開的水壺、房間的熨斗、家中的清潔劑、插頭與電線，或是路邊的排氣管等，不小心碰觸，都有可能造成皮膚紅腫、疼痛、起水泡，或更嚴重的皮膚焦黑、神經破壞等症狀。

燒燙傷的人從傷口癒合到疤痕穩定，至少需要一到二年的時間。對燒燙傷者來說，每個看似簡單的動作，如張嘴、舉手、抬腳等，都需要花很長時間做復健，重新學習與適應。更嚴重的可能還要穿又厚又緊的壓力衣，避免疤痕增生或攣縮，造成更多的後遺症。有些燒燙傷者，甚至需要其他輔助工具，如：義耳、義鼻等，用來改善燒燙傷及顏面損傷的外觀與功能。

燙傷急救五步驟

遇到燙傷該如何處理？很常聽到一個口訣：沖、脫、泡、蓋、送，趕快記起來！學會照顧自己，讓傷害降到最低外，還能及時幫助到需要的人！

沖：燙傷的發生只有短暫的幾秒鐘，但熱能也許不只在表皮上，可能已經滲入到組織，所以需要迅速以流動的冷水沖洗十五至三十分鐘，才能把熱度降低。

脫：脫掉傷口附近的衣物、飾品，必要時可以剪刀剪開衣物，避免將傷口水泡弄破，動作一定要輕緩，以免受傷皮膚被拉扯下來。如果黏住了，就暫時保留。

泡：持續泡冷水，可減輕疼痛、穩定情緒、去除餘熱。

蓋：傷口蓋上紗布或乾淨的毛巾，以免感染或失溫，別任意塗上外用藥膏或民間偏方，反而容易引起傷口感染。

送：居家燙傷如果只有小面積，沒起水泡，可以不用送醫，但若面積較大，則最好轉送到設置有燙傷中心的醫院治療。

掃 QRcode
聽有聲書

棉花糖車車

文・鄒敦怜　圖・田宜庭

故事悄悄話

故事中的棉花糖，是個愛欺負同學的人，她對同學不好，同學們也總是躲著她。在棉花糖的爸爸、媽媽到學校時，同學們才知道棉花糖在家被家庭暴力，造成她也有樣學樣欺負同學，成為讓人討厭的霸凌者。故事中棉花糖的同學們，選擇同理，用關心接納，讓棉花糖感受到溫暖，進而化敵為友，從根本解決霸凌問題。

我不壞！
只是脾氣壞了些
我不是故意的……

棉花糖是一隻小鱷魚，她有粉紅色的身體，喜歡戴著乳白色帽子、撐一把蕾絲邊的小傘，還喜歡在尾巴別上很多不同顏色的蝴蝶結。

假如你看到她，一定會忍不住問：「哇！好可愛呀，大家一定很喜歡你吧？」

哼！才不是這樣子的……

小兔子哭喪著臉說：「我才說『棉花糖，你的傘……』，她就說我在笑她，我只是想提醒她雨傘破洞了！」

小老鼠剛從健康中心出來：「都是棉花糖啦，我問她蝴蝶結是誰幫她綁的，她不回答，尾巴一揮，就把我揮到天花板上。」

小貓咪揉著自己的眼睛，氣呼呼的說：「我不小心踩髒她的帽子，我根本來不及說『對不起』，她就這樣……」小貓咪一個左鉤拳，再一個右鉤拳：「她的力氣太大了，我根本打不贏她。」

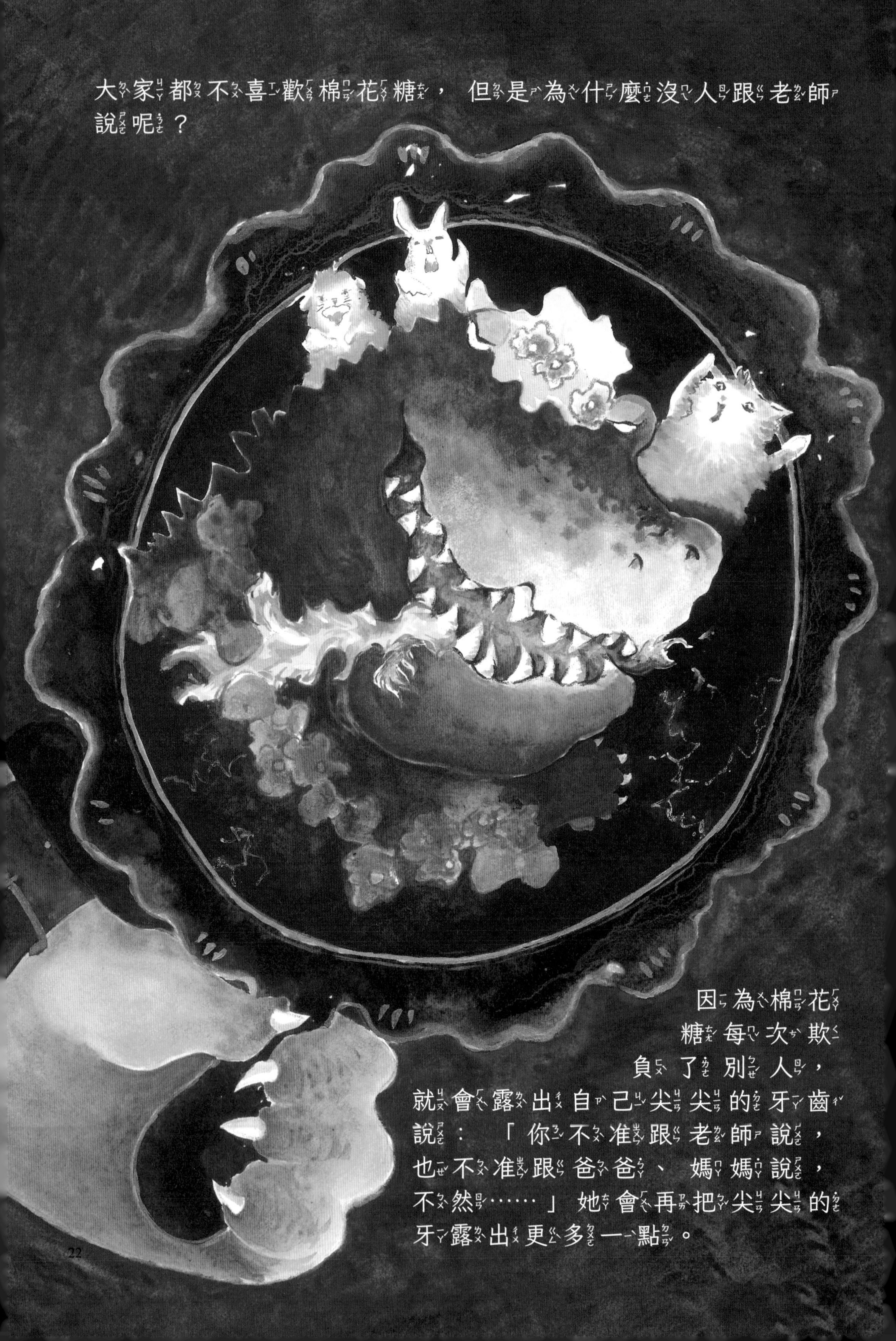

大家都不喜歡棉花糖， 但是為什麼沒人跟老師說呢？

因為棉花糖每次欺負了別人，就會露出自己尖尖的牙齒說：「你不准跟老師說，也不准跟爸爸、媽媽說，不然……」她會再把尖尖的牙露出更多一點。

為了不被欺負，同學們組成了相互幫忙、準備防守逃跑的「特攻隊」。

下課時，大家跑來跑去，但其實都是希望不要被棉花糖抓到。棉花糖跑了好幾天，都找不到朋友。

「哇…哇…哇…」棉花糖哭得好大聲，卻又不說為什麼，綿羊老師只好把她的爸爸、媽媽請來。

棉花糖的爸爸媽媽，一隻是巨大的紫色鱷魚，一隻是超級大的藍色鱷魚。

「說，發生什麼事情？」紫色鱷魚媽媽聲音很大，聽起來很兇。

鱷魚媽媽聽不到回答，身體慢慢變成紅色，接下來一個左鉤拳，一個右鉤拳，棉花糖的兩隻眼睛都被打得腫腫的。

「你不要這麼兇，我來問問。」藍色鱷魚爸爸過來，他問同樣的問題，當然還是得不到回答。

鱷魚爸爸也氣得變成紅色的了，他大尾巴一甩，棉花糖就被甩到天花板。

「原來，棉花糖在家是這樣過的呀！原來，棉花糖好可憐啊！」

「哇⋯哇⋯哇⋯」棉花糖還在哭，小老鼠用小小的手拿著小小的手帕走過去，鼓起勇氣說：「你不要哭啦，我們陪你玩！」小貓咪、小兔子也過去拉拉她的手。

兩隻紅色的鱷魚，顏色慢慢變回藍色、紫色。

說也奇怪，從那天開始，大家好像就不怕棉花糖了。

小朋友們都在一起玩，他們最喜歡玩的是「棉花糖車車」。

你看，棉花糖的尾巴一下子可以坐好多人啊，不曉得「棉花糖車車」這次要開往哪裡呢？

霸凌產生的原因

常見霸凌分爲六大類：關係霸凌（散播謠言）、言語霸凌、肢體霸凌、性霸凌（性特徵取笑或評論）、反擊型霸凌（受欺負的選擇反擊或去欺負比自己弱小的人）與網路霸凌。根據研究顯示，霸凌的產生，大多分為以下四大原因：

一、 家庭因素：家人忙於工作缺乏關心與管教，或經常打罵，使得孩子在家中有學習模仿暴力行為的機會。無論家人或師長，經常以責罵方式管教，容易讓孩子個性易怒、暴躁與衝動。

二、 個人因素：每人個性不同，外顯特質跟基因遺傳、家庭和社會環境因素緊密相關。有人天生活潑人緣好，有人個性較為激進衝動，或內向害羞，或在生理發展比較遲緩、弱小，都是引發霸凌行為的可能因素。

三、 學校因素：老師對於霸凌行為處理方式不當，甚至老師與同學對於霸凌行為保持沉默，不願意揭發，讓原本只是偶爾言語霸凌，演變為集體性的霸凌，被霸凌者的態度與個性會越來越極端，反而增加霸凌行為的發生頻率。

四、 社會文化因素：雖然臺灣提倡性別平等、尊重性向等議題，但對於性別刻板印象、競爭的文化，加上新聞媒體不分級的報導，導致認知能力尚未成熟的孩子，容易模仿錯誤的現象。同學間也會造成風氣，也許流行的用詞，或大家喜歡的東西，假如沒有跟上容易受到排擠。

霸凌問題怎麼解？

如果是言語霸凌，建議不要去反擊，而是在朋友圈先解釋，透過朋友了解並且協助澄清。關係霸凌，則先要處理的不是改善自己在朋友圈內的人際關係，而是尋求有力者的協助，例如：家屬、導師、輔導老師。要對霸凌行為即時地表達自己的感受，讓旁觀者知道你的立場與想法。

掃 QRcode
聽有聲書

象爺爺的花園

文・鄒敦怜　圖・鄭盜予

在一個很老很老的社區，
有許多很老很老的房子。

老房子蓋在一條很窄很窄的石階兩旁，那石階實在太古舊了，上頭有一個一個小洞，像一張張的小嘴巴輕輕提醒：「踩輕一點喔，我怕疼！」

象爺爺的管理員室，是裡頭最老的一間。

很老很老的房子，每間都有很小很小的窗戶，每個窗戶都像小小的眼睛，當你瞇著眼睛看著這些房子時，你一定會覺得他們都沒睡飽。

不過，象爺爺不能睡，他是這個社區的管理員。

這裡每個角落都靜悄悄的，沒有風吹、沒有蟲鳴鳥叫，大家平時都關起門來忙碌著，唯一會溜出來的，就是家家戶戶傳來的哈欠聲。

「呵⋯呵⋯呵⋯」每一棟房子都瞇著眼睛打哈欠，打完哈欠怎麼能不睡呢？只有象爺爺不能睡，他可是這裡的管理員啊！

管理員要負責整理、打掃、收信。象爺爺在這裡當管理員很久了，每件事情都很熟練，不需要花太多時間。象爺爺做完事情，就開始坐著發呆。

一天，象爺爺撿到小杯子，小杯子裡有一株植物，上面只有兩片小葉子，看起來也很孤單。

「你跟我一樣，都沒人陪啊……」象爺爺知道那樣的感覺。做事很伶俐的象爺爺，也很會照顧別人，照顧一棵小植物有什麼問題！

他小聲的跟小葉子說：「我來陪你好了，你可以有自己的桌子！」兩片葉子輕輕的搖了搖，那應該就是「好吧！」

好奇怪呀！小葉子不會說話，但有它在，象爺爺的話就變多了：「我幫你加點水，太多了跟我說唷！」「太陽出來了，我幫你找個地方曬一曬。」

很快的，小葉子長出了第三片、第四片、第五片……還長出圓鼓鼓的花苞，什麼時候會開花呢？

在一個大晴天，小花苞終於完全打開，是一朵跟太陽一樣笑咪咪的花，有一張漂亮的圓圓臉。「象爺爺，您的花好漂亮啊！」社區裡的人們路過時，都忍不住走過來說一說話。

「象爺爺，我也想種花，好不好呢？」社區的小朋友開始纏著象爺爺，他們也想要會微笑的花朵。

安安靜靜的社區，開始變得有朝氣；安安靜靜的象爺爺，也變得愛說話；小朋友還發現，象爺爺說話時鼻子會上揚呢！

過了幾個春、夏、秋、冬……象爺爺還是以前的象爺爺，只是有一點點不一樣。

假如你來到他的社區裡，你會發現象爺爺在大花園裡，跟好多小朋友一起種花，他們被一大片花海包圍著呢！

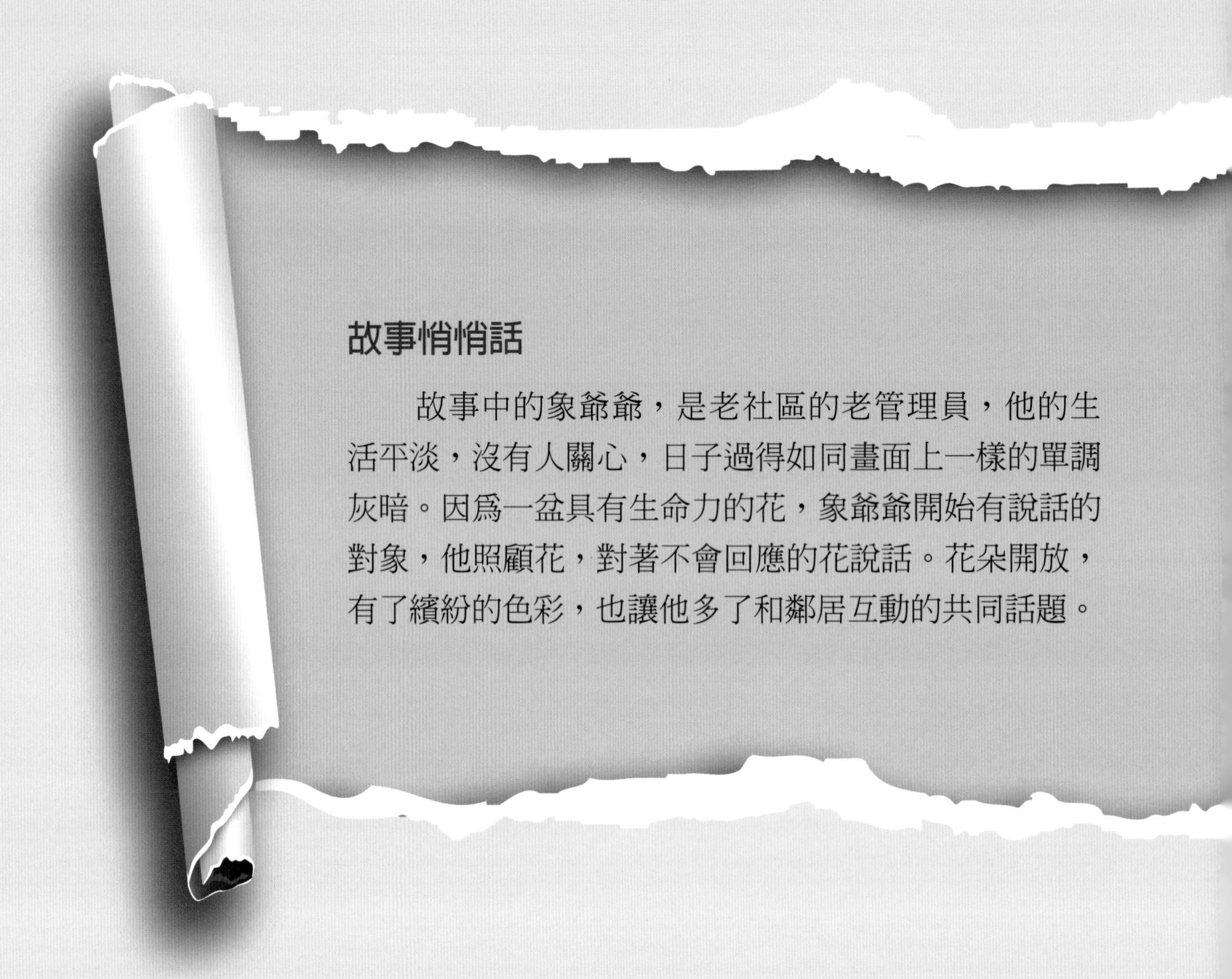

故事悄悄話

故事中的象爺爺，是老社區的老管理員，他的生活平淡，沒有人關心，日子過得如同畫面上一樣的單調灰暗。因爲一盆具有生命力的花，象爺爺開始有說話的對象，他照顧花，對著不會回應的花說話。花朵開放，有了繽紛的色彩，也讓他多了和鄰居互動的共同話題。

獨居長者想什麼？

目前臺灣每六人中就有一位為六十五歲以上的長者，根據「老人福利推動聯盟」的調查，其中有四分之一的長者有孤寂感，將近二分之一的長者，近半年才一次或甚至完全都沒有跟其他親友聚會。雖然政府列冊的臺灣獨居長者約四萬多人，但其實更多，他們大多有孩子，所以不願意承認自己獨居，只是孩子總因為工作忙碌、有家庭要照顧，而久久見一次面，且也許見面模式大多是一成不變。

獨居長者常會出現囤積症，他們經歷過上一個世代生活的貧窮，年紀大了沒有賺錢，自然擔心更老以後的生活，因此舊衣舊物、過期食品、撿來的回收物堆滿家中，致使居家環境髒亂危險。

獨居長者的身心健康也是大問題，也許開始膝蓋疼痛無法久站，抑或是出門一下就想找廁所，種種不便，讓長者害怕出遊，但是又渴望有人關心，當有人關心時，卻擔心會成為家人負擔，就這樣漸漸成為一個個性古怪的老人——想要家人關心，卻會莫名其妙發脾氣。

怎麼關心獨居長者？

從我們出生後，就開始走向變老的道路，而人的一生就好比一場旅行，老是人生的過程，病則是沿途的風景，而死則是旅程的結束。有些人覺得「老人」不好相處，因為刻板印象中，老人脾氣差、固執、很需要家人的關心。身為不同世代的我們，要能設身處地體諒長者，因為與我們不同人生經歷，才造就了如今的種種行為，而我們也該主動關心、陪伴身邊的長者。

隨著年齡增長，環境條件的改變，生理、心理都會產生不同變化，如同我們從幼兒園到國小，甚至低年級到中年級，心理都會有點不一樣，老人經歷更長的人生階段，當然與我們更不同，雖無法體會，但是我們可以盡量同理。

除了要常常探望家中長輩，陪他們做活動，耐心聽他們說話，注意他們的健康；社區或住家附近有獨居的長者，也可以主動付出關心，或者聯繫里長、社區管理員。多一雙眼睛，多一分支持，這是「老吾老以及人之老」的美好世界藍圖。

掃 QRcode
聽有聲書

本書作者與繪者

文．鄒敦怜

前台北市國語實小人氣名師，金鼎獎兒童文學作家。作品多次入選「好書大家讀」、「中小學生優良課外讀物」等。目前擔任龍傳文創顧問，也是知名閱讀推廣人、專欄作家、電台主持人，除兒童文學作品外，也有豐富的教材編纂經驗。

「我也有條碼喔！」圖．羅方君

自幼展露藝術天賦，曾師承名家並廣納大師們的手法而融入女性的纖細特質，形成富有蒙太奇文本的創作。她也廣泛涉獵不同主題探討社會議題，所以獲文化局、博物館和其他產業跨界邀請藝術授權和出版合作。繪本曾得文化部「國家出版獎」，近幾年作品也獲 2016 BIBF 北京國際插畫大展、2018 義大利 Fabriano 水彩大展（ADSC）遴選參展和入年鑑資格、2019ADP 亞洲設計交流協會會員、2022 榮膺義大利 A'design Award 獎。